술 · 사랑 · 시 그리고 인생

지혜사랑 253

술·사랑·시 그리고 인생

홍문식

지혜

서언

내 삶은
다른 사람들과 다를 줄 알았다
그리고 다를 거라고 굳게 믿고 있었다

그런데 다른 게 하나도 없었다

삶과 사랑은
내 뜻대로 되질 않았다

돌이켜보면
나는
내 삶과 사랑을 쓸데없는 것으로 가득 채운 것 같다

그나마
지금의 이 삶이라도 영위할 수 있었던 것은
술과 사랑과 시가 있었기에
가능했었던 게 아닐는지

2022년 5월 사직골에서

차례

1부
술

2부
사랑

3부
시

4부
인생

- 일러두기

  페이지의 첫줄이 연과 연 사이의 띄어쓰기 줄에 해당할 경우 >로
  표시합니다.

01 술

인류의 발명품 중 지상최고의 발명품

술

술을 왜 술이라고 부르는 질 모르겠다
목 넘김이 부드럽다고 해서
술이라 불리우 게 된 것은 아닌 것 같은데
그렇다면 무엇 때문에 ─ 왜?
한 잔 마시고 나면 화끈하게 술술 잘 풀린다고 해서
─ 에이! 그게 뭐가 그리 중요하다고
봄바람에 흩날리는 꽃잎처럼
고생만 하다 일장춘몽 낙화유수로 끝나버리고 마는 인생
술 없이는 재미있을 까닭이 있을 리 없는데
고운 정만 정이 아니라 미운 정도 정이고 보면
수불이든 술이든 화끈함을 잊기가 쉽겠는가
다들 미치려고 싶어 마셨을 것이다
미치지 않고서는 살 수 없는 인생이니
나처럼 술에 물탄 것 같은 인생들이야 그게 그거지만
있는 사람들이야 어찌 살았을까 싶다
술 한 잔이면 천지가 다 내 것 같은 것을

술 없는 세상

술도 공짜 술이 훨씬 맛 난다는 걸
술꾼이라고 하면 모르는 사람이 없을 것이다
허나 피 같은 내 돈 주고라도 마시는 사람이라면
당신은 애주가가 틀림없을 터
술 마시는 돈이 아깝다면 신선이 되기는 글렀다
삭막한 세상 술 없이 무슨 재미로 사냐고 말을 한다면
술 안 마시는 사람들은 뭐라고 할지 모르겠으나
생각만 해도 끔찍스럽다 술 없는 세상
삶을 풍요롭게 해주는 데다 나 같은 샌님도
기를 돋우어 사는 맛까지 느끼게 해주니
술 없는 세상을 어찌 생각할 수 있으랴
이 세상에 술이 없다는 생각을 해보라
그게 어디 사람 사는 세상이라 할 수 있을까
지옥이고 희망 없는 암흑천지지
요즈음같이 살기 힘든 세상
그나마 숨통 틔워 줄 술이라도 있으니 살 수 있지
그마저 없다면 무슨 재미로 살겠는가
누가 술을 만들었는지는 모르겠으나
술을 사랑하는 사람들이여 주酒께 감사하는 마음으로
축제라도 벌려야 하는 게 도리가 아닐는지

가을 강

가을 새벽 강

물안개 하얗게 피어오른다.

커다란 가마솥에 물을 끓이는 것 같다

팔뚝만한 물고기가 펄쩍펄쩍 뛰어 오른다.

강물이 뜨거워지는가?

파 송송 썰어 넣고 태양초 청양고춧가루 확 풀어 넣으면

생각만으로도 입안에 군침이 돈다

이른 아침 싱싱하고 얼큰한 매운탕 냄새가

자못 싱그러운 게

해장술 한 잔 그립게 한다

내가 술을 마시는 이유는

술을 마시고 나면
세상만사를 다 잊을 수 있기 때문이고
종일토록 기분이 아삼삼하고 알딸딸해 싸서
못난이 삼형제 맏형 같은 나도 알랑드롱*보다 잘나 보이고
근심 걱정에 울화까지 씻은 듯이 사라지기 때문이다
게다가 벼룩이 간보다 작고 소심한 내 간덩이가
돈짝만 해져 세상이 가소로워 보이고
삶의 짜릿함과 인생의 묘미를 맛볼 수 있기 때문이며
없던 용기가 용천수처럼 펑펑 솟구쳐 오르기 때문이기
도 하다
한 잔 걸치고 나면 밥을 먹지 않아도 배고픈 줄을 모르고
빈대 씹 같은 좁은 속이 하해河海와 같이 넓어져
대인이 될 수도 있기 때문이다
그보다 술을 마시는 진짜 이유는 술 한 잔 하고 나면
일이 부드러워지고 세상이 내 것 같기 때문이며
잘못돼도 탓을 할 수 있기 때문이고
사람을 안주 삼아 씹을 수가 있기 때문이기도 하다
그러나 그 무엇보다 우선하는 것은
사람 같은 사람들과 어울릴 수 있기 때문이며
남녀노소 동고동락할 수 있기 때문이고
미치지 않고서도 세상을 살 수 있기 때문이다
그러니 안 마실 수가 없을 수밖에

* 프랑스의 미남배우

장부일음 수거오주

벽계수가 황진이 치마폭에 폭 싸이듯
나 또한 그대의 품 안에서 호젓하게 푹 젖고 싶으이
그댄 수천 년 전에 태어나 몽매한 나보다
인생을 어떻게 살아야 하는지를
속속들이 꾀고 있을지니
나 그대를 내 품에 품어 인생을 배우고 깨우쳐
생의 꽃을 활짝 피우고 싶구나
그대가 내게서 붉은 꽃으로 피어날 때
나 삶의 기쁨을 나팔꽃처럼 활짝 피울 수 있을지니
그대가 내 곁에 있는 한 두려울 게 없을 것 같다
오직 내 안에 그대만이 존재하고
그대가 나를 지켜준다는 것 자체가 축복일지니
장부일음 수거오주라*
그대를 업고서는 못가도 뱃속에 넣고는 가리
어찌 하시겠는가 나의 평생지기가 되시겠는가?
장부는 자기를 알아주는 사람에게 목숨을 바친다고
내게서 불콰하게 꽃피우고 싶지 않은가

* 장부는 다섯 마차의 술을 마셔야 한다는 뜻의 지은이의 말

추억

호랑이도 장가간다는 긴 긴 동짓날 밤
포차에서 가슴 시려 마신
잔 소주 한 잔
펄펄 끓는 홍합 국물 속에
터질 듯 부풀어 오른
조갯살 맛 나는 쫄깃한 우리의 추억

섣달그믐 제야의 종소리가 울려 퍼지던 날 밤
포차에서 가슴 허해 마신
잔 소주 한 잔
설설 끓는 뜨끈한 오뎅ぉでん국물* 속에
탱글탱글 부풀어 오른
소시지같이 감칠맛 나던 어묵꼬치

* 우리말로 어묵

내 사랑 디오니소스

뒷감당을 어찌 하시려고 그러시는지
저를 찾아서 뭘 어찌 하시겠다는 것인지
문제는 제가 아니라 저를 못 잊는 당신한테 있어요
기분 좋아도 기분 나빠도 제게 의지하는 버릇
물론 쉽지가 않겠지요 그토록 사랑했는데
칼로 무 자르듯 베어낸다는 게
어디 쉬운 일이겠어요
그래요 전 누가 뭐라 해도 좋아요
당신한테 도움이 된다면야
하지만 생각해 보세요
저 때문에 당신의 의지가 약해지는 건 아닌지
사람들로부터 조롱당하는 건 아닌지
때론 제가 필요할 때도 있겠지요
관계가 부드러워지고 순조롭게 풀린다면야
얼마든지 도움이 되어 드리고 싶어요
그렇지만 돈 잃고 건강 잃고 신용까지 잃는다면
다시 한 번 생각을 해 보는 게 어떠실지
저를 잃으면 세상을 전부 잃는 것 같다고요
천만에요 풍류風流만 잃는 거예요
이제 그만 저를 잊으세요
당신에겐 사랑하는 사람들이 있잖아요
그게 당신과 당신 가족이 모두 사는 길이에요

한동안 생각이야 나겠지요 그토록 저를 사랑했었는데…
이젠 저도 그만 조용히 잊혀지고 싶어요

날궂이

여우가 시집을 간다는 변덕스러운 날이나
장맛비가 구중중하게 내리는 날이면
아버진 공치는 날이라며 구들장을 짊어지고서
어머니에게 빈대떡을 부치라고 하셨다
빈대떡이 술잔을 기울이고
막걸리 한 잔이 두 잔으로 거나해지신 아버진
어머니의 넙더드레한 엉덩이를 팡팡 두드리시곤 하셨다
세월이 흘러 아버지가 된 나도 아버지처럼
여우가 시집을 간다거나
장맛비가 오락가락하는 날이면
몸속 깊이 내재해 있던 아버지의 유전자가
스멀스멀 기어 나와 스멀거리면서
내 몸 온 구석구석을 근지럽게 기어 다니는 게 아닌가
일 하기도 싫고 따뜻한 아랫목에 몸을 누이고
날궂이로 따끈한 김치전에 텁텁한 막걸리 한 잔이
생각나게 하는 게 아닌가
어머니 자궁에 다섯 번 기를 꽂은 아버지처럼

간 비대 후유증

소주 한 병을 마셨다
간이 오백 원짜리 동전만큼 부풀어 올랐다
도미를 열 마리나 잡았다고 뻥깠다
다른 사람의 이야기를
내 이야기처럼 주절거렸다
소주 두 병을 마셨다
초코파이 크기만큼 간이 커졌다
상대방의 이야기는 듣는 둥 마는 둥 깔아뭉개고
나 잘 났다고 무조건 나를 따르라고
내 가슴을 팡팡 쥐어박았다
소주 세 병을 마셨다
간이 커져 보름달만 해졌다
나하고 결혼만 해주면
당신 손에 물방울다이아를 끼워주고
물 한 방울 안 묻히게 해준다고 약속을 했다
소주 네 병을 마셨다
술 마신 것까지는 기억이 나는데
어떻게 한계령을 넘었는지 도통 기억이 없다
아내의 손엔 아직까지 반지를 끼워주지 못했다
술 취해 한 말은 헛말이 되고 말았다

酒의 기도

酒당들을 지극히 아끼고 사랑하시는 酒님
삶에 지친 자들에게 강림하시어
우뚝 서게 하시고 친목하게 하시니 감사하나이다
이 세상을 천국으로 바꾸시고자 밤낮으로 애쓰시는 酒님
오늘도 酒께서는 변함없이 酒당들을 위로하시고
근심걱정을 사해주시고자 애쓰셨음을 아나이다
당신을 음해하는 자들의 무지를 용서하시고
酒를 찬미하는 자들에게 몸과 피를 내주시어
언제 어디서나 저들이 酒를 믿고 따르게 하소서
절망을 망각으로 변화시키는 酒여
슬픔을 체념으로 녹여주시는 酒여
분노를 웃음으로 승화시키는 酒여
고통을 어루만져 감싸주시는 酒여
酒와 함께라면 세상천지 아쉬울 게 없나이다.
기쁨의 시작이요 슬픔의 끝이신 酒여
酒께서 저들을 당신의 종으로 삼으셨으니
酒와 함께하는 삶이 고난의 가시밭길 같다 할지언정
酒께서 이끌어 주시어 모든 근심 걱정에서 벗어나게 하
소서
酒와 함께 웃음과 체념과 망각이 저희에게 있사옵니다.
기쁨과 권능과 영광이 이제와 항상 영원히 아멘

바쿠스의 직설

그게 그런 거라구요
앞에선 애주가라고 듣기 좋게 말을 하지만
뒤에서는 알콜 중독자라고 비수를 꽂을 거라구요
당신 좋기는 하겠군요 저만 있으면
근심 걱정이란 없을 테니
당신이 그토록 저를 좋아하시는 걸 보면
두보나 이백처럼 당신도 신선이 될 수 있을 것 같네요
가능성이 충분하다구요 당신
술 한 잔이면 기분이 좋아지고 감성도 풍부해지니
콩나물대가리만 알아도 베토벤이 되겠구요
붓만 들면 반 고흐 같은 거장이 될 수도 있겠네요
저 역시도 그런 사람들을 좋아하지요
저와 함께하면 기분 좋아지고 뭐든지 할 수 있을 것 같다
구요
그럴 수도 있겠지요 그래서 다들 저를 찾겠지만
제가 알라딘의 마술램프라는 생각은 하지 마세요
이런 말이 있잖아요
술 먹은 개는 염라대왕도 싫어한다고
저 역시 마찬가지예요 저를 사랑하신다면
그냥 즐기셔요 전 언제나 당신 곁에 있어요

이해불가

인생하면 나도 살 만큼은 살았고
알만큼 아는 나이인데
아직까지도 이해가 가지 않는 게 있다
술은 여자가 따라야 술맛이 난다는 말과
술 마시는데 왜 안주가 필요한지
지금도 이해할 수가 없다 아니 이해가 되질 않는다
술은 취하려고 마시는 게 아닌가
여자가 따른다고 소주가 양주가 되는 것도 아니고
물을 마시고는 안주를 먹지 않으면서
술 마시고는 왜 안주를 먹는지
과음한 다음 날은 꼬락서니도 보기 싫던 술이
하루가 지나지도 않아 왜 또 생각이 나는지
몸에 좋은 것도 아니고
안 마신다고 해서 죽는 것도 아닌데
애써 번 피 같은 돈으로 왜 술을 마시는 건지
그 까닭을 아무리 생각해도 알 수가 없다
반세기 이상 술을 마신 지금까지도

이별주

싸가지라곤 뒀다 봐도 없는 후배 녀석한테
오늘 또 술 한 잔 사주고 왔다
얻어먹기만 하고 술 한 잔 사지 않는 짠돌이에게
마지막으로 산 이별주 한 잔
언젠간 저도 사겠지 했지만 이젠 영원히 물 건너 가버렸다
내 돈 주고 사준 술이 오늘따라 영 개운치가 않다
싸가지라곤 눈 씻고 봐도 찾을 수 없던 놈
제 손으로 한 잔 따라주면 어디가 덧나기라도 하는지
저는 꽃 속에 들어앉아 빙글빙글 거리면서
내 술을 내 손으로 따라 마시라니
싹퉁머리라고는 에이 싸가지 없는 놈
누가 꽃 속에 처박힌 모습 보고 싶다 했간디
어쨌든 먼저 상투 튼 놈이 어른이라고 하고
형들 젖히고 지가 먼저 저승으로 갔으니
니가 어른이고 저승 선배인 것만은 틀림이 없다만
그래 나이 많은 형한테 절 받는 기분은 어땠는지
나는 뭐냐 닭 쫓던 개 마냥 고개나 타래 매고
어쨌든 니가 먼저 황천길을 열었으니
네 옆에 내 자리 하나 마련해 놓았으면 좋겠다
아우야 명복冥福을 빈다 잘 가거라

두 부류

당신은
어느 쪽에 속하고
나는
어느 쪽에 속하는지

술 마시고
세상을 바꾸려 드는 사람과

술도 못 마시고
세상에 굴종하는 못난이들 중

나는
술 마시고
바꾸려는 무리에 속하고 싶다

나에게 술이란

내게 술이란 아침 해와 같다
네가 아침 해처럼 두둥실 떠오른다는 것은
내 삶이 풍요로워 진다는 것을 의미하는 것이기에
다른 사람은 어떻게 생각하는지 몰라도
내게는 네가 그렇게 쌈빡했다
네가 없는 삶을 난 생각조차 하기 싫고 해본 적도 없다
네가 있음으로 해서 세상은 살만했고
즐거울 수 있었으며
아픔도 이겨내고 기쁨도 나눌 수 있었다
네가 있음으로 해서 고통도 이겨낼 수 있었고
외로움과 쓸쓸함도 극복할 수가 있었다
그러니 나는 너를 사랑할 수밖에
나는 너의 역할을 믿는다
너로 인해 내 삶이 환하다

춘래불사춘 春來不似春

꽃잎이 별빛처럼 흩날리는 봄밤
내 처지가 불쌍코 원망스러워
술주정 한 것만 아지랑이처럼 가물거릴 뿐
그 다음은 아무것도 생각이 나질 않는다
아내가 죽고 싶어 죽은 것도 아닌데
나는 그게 무슨 용서 못할 일인 양 아내를 원망하면서
필름 끊기도록 술을 퍼마셨는지
생자필멸生者必滅이라 언젠가는 헤어져야 하거늘
어떻게 그걸 인력으로 막겠다는 것인지
결코 인간이 막을 수 있는 일이 아니거늘
분명히 봄은 와 꽃이 피었다가
봄바람에 꽃잎으로 흩날리고 있거늘
내 가슴은 왜 이리 먹먹해지기만 하고
봄이 오지 않은 것처럼 서럽고 쓸쓸하기만 한지
그 까닭을 모르겠다
아직까지 술이 덜 깬 건가

02 사랑
인간이 피우는 꽃 가운데 가장 아름다운 꽃

첫사랑

첫사랑은 당신한테만 아름답게 보인다
더는 첫사랑의 신기루에 현혹되지 말기를

그대는 지금도 도깨비에 홀린 것 같은
첫사랑의 몽환에 빠져있는가
세월이 흘러 까마득히 잊혀 진 일에
아직도 뱃멀미 하는 것처럼 가슴이 울렁거리는
사랑의 후유증을 앓고 있는가

그녀와 처음 조우했던 날들이 잊히질 않는가
아니 잊혀질 수가 없는가
태양이 대지를 뜨겁게 달구던 팔월 어느 날의 오후처럼
가슴 쿵쾅거리게 하던 그 때를
무두질 치던 그 마음을 지금도 기억하고 있는가

운명이 비껴가지만 않았다면
영원한 내 사랑이었다는 것을 아직도 믿는가
남남이 되지는 않았을 인연이었다는 걸
이제는 돌이킬 수조차 없는 일이
아직도 첫사랑이 윤슬처럼 눈앞에 아른거리는가

그대는 지금도 지난날의 사랑을 못 잊는가

죽어서 영혼이 사라진다면 모를까
목숨이 붙어있는 도막이야 잊을 수가 없는가
어찌 애간장 태우던 그 때를 잊겠는가
꿈이었다고 한들 아니었다고 한들

나만큼 너를 사랑한 사람이 있으랴

밤하늘에 반짝거리는 별아
이 세상 만물 중에
너보다
아름답게 반짝이는 보석이 어디에 있으랴

이 세상 만물 중에
너만큼
아름답게 피어나는 꽃이 어디에 있으랴

이 세상 만물 중에
나만큼
너에게 매료된 사람이 어디에 있으랴

이 세상 만물 중에
너만큼
사람들에게 사랑받는 꽃이 어디에 있으랴

하지만 별아
나는 너를 그토록 사랑하였건만
우리는 서로 바라만 보아야 할 인연
안타깝기가 그지 없구나

슬픔 & 행복

슬픔과 행복은
생각한 것보다 훨씬 가까이에 있다

행복은
이 세상에 태어났다는 것과
사랑하는 사람을 만났었다는 것

내게도 영화처럼
제니* 같은 여인이 있었다는 것

슬픔은
이 세상에 태어나
사랑하는 사람을 잃었다는 것

내게도 영화 같은
가슴 아픈 사랑이 있었다는 것

슬픔과 행복은
절대로 멀리에 있지 않다
가까이에 있다

* 아더힐러 감독의 영화 러브스토리에 나오는 여자 주인공

El Condor of Pasa

누구를 사랑한다는 것을
좋아하는 것으로 알았던 때가 있었다
누구를 사랑한다는 것은
아끼는 마음이 있어야 한다는 것을 알지를 못했다
그동안 내 사랑은 사람을 질리게 했을 뿐
잘하고 있는 사람 더 잘하라고 다그치는 것처럼
넓게 보고 있는 사람 더 넓게 보라 다그쳤고
껴안고 있는 사람 더 세게 껴안으라고
조금 더 조금만 **더** 를
강요했었다
난 그것을 사랑이었다고 강변하지만
내 사랑은 나를 따르라는 억지요 강요였을 뿐
솔직히 난 그게 사랑인 줄 알았으므로
이제 와서 사랑은 그게 아니라는 걸 알았으나
이미 철새는 날아가 버렸는데

사랑한다는 것은
나만 좋아한다고 해서 되는 게 아니란 것을
이제서야 깨달았으나……

그게 지금 내게 무슨 위안이 된단 말인가

방생

내 목숨과도 바꿀 수 없는
너는
이 세상에 단 하나밖에 없는
귀하디귀한 컬리넌* 다이아몬드 같아서
자랑만 하고 싶었지
누구에게도 주고 싶은 마음이 없었다
그렇게 아끼던 너를
듣도 보도 못한 도둑놈한테
두 눈 뻔히 뜨고 빼앗기고 말았으니
속이 상하지 않았다면 사람이 사람이 아니지
눈물이 났다
아무에게도 주지 않고
죽을 때까지 간직하고 싶었는데
만나는 사람마다
잊어야 한다고 해서
어쩔 수 없이 잊기는 하였다만
눈물이 나오는 건 무슨 이유인지 모르겠다
영롱한 빛 잃지 않았으면 좋겠다
무궁토록 영원히

* 여왕을 위한

사랑의 맛

사랑의 달콤함이 함정이었다는 걸 알았다면
스스로를 제어했어야 했다
사랑의 유혹쯤은 떨쳐낼 수 있을 거라는 자만심에 빠져
뿌리치지 못한 것이 화근이 되었는지는 모르겠지만
사랑의 유혹은 쉽게 뿌리칠 수 있는 게 아닌 것을
먹을수록 불거지는 욕구처럼
솔직히 그 욕구가 블랙홀이라는 걸 알았었다면
어느 누가 빠졌겠는가
그게 블랙홀인 줄 모르니까 빠져들었지
내 청춘이 빨려들고 나의 모든 이상이 녹고 나서
아차, 싶었을 땐 이미 때는 늦어
헤어날 수가 없었으니 말이다
소멸되지 않으려면 단맛의 유혹에 빠지지 말라
애시당초 단맛이 블랙홀이라는 생각을 했어야 했다
채워도 채워도 채울 수 없다는 걸
지금까지 어느 누구도 벗어나지 못한 그 구멍을
무슨 수로 벗어나려고 했었는지
단맛에 넋을 잃은 어리석은 개미 같으니

희열

풀무질로 빨갛게 달아오른
시우쇠처럼
몸뚱이가
뜨겁게 달아오르면
달고나*
냄새가 나기 시작했다.
끓어 넘치는
물주전자 뚜껑처럼
엉덩이가 들썩거리면
몸 안에 억눌렸던 희열이
밤하늘의 불꽃처럼 터져 나온다
무궁화 꽃이 피었습니다
아 – 찬란한 기쁨이여

* 설탕을 녹여 만든 과자

사랑하기 때문에 보내야 한다는 말과
사랑했기 때문에 보냈다는 말

난 그 말을
철석같이 믿었다
사랑하기 때문에
보내야 한다는 그 말을

당신이
떠난다고 했을 때
내 억장은
도미노처럼 무너져 내리고 말았다

난 그 말을
정말로 믿었다
사랑했기 때문에
보냈다는 그 말을

당신을 보내고 난 후
난 알았다
사랑한다면 보내지 말았어야 했다는 것을
평생 후회하며 살게 될 줄을
정말 몰랐다

당신을 사랑한다면
보내면 안 된다는 걸

사랑의 상처

햇수로 마흔 해를 넘겨
다 나았거니 했는데 아직도 진물이 흐른다
도대체 낫지를 않는다
상처가 이렇게 깊었던가?
나는 이 상처를 보듬어 안고 죽어야 할는지도 모르겠다
상처가 덧나면 가슴이 미어져 내린다더니
심장이 터져 나갈 것 같은 몸살을 앓던 이유를
사람들이 말을 하지 않아 알 수는 없지만
누구나 다 이런 상처 하나쯤은 가지고 사는 게 아닐까
매음굴에 갔다가 걸린 몹쓸 창병처럼
혼자 삭이고 치료해야 하는 병
이 병의 초기증상은 죽을 정도로 고통스럽다가
후유증으로 그리움을 앓는 특성이 있다
심신 미약한 사람은 정신 줄을 놓기도 한다던데
나도 죽을 고비를 몇 번이나 넘겼다
아직도 가슴이 아리고 덧나기도 하지만
이제는 통증도 친구 같아 내 시의 원천源泉이 되어
나 자신을 알게 해주니 정말 고맙다
사랑의 상처는 저승까지 안고 가야 할 아픔이다

사랑의 불꽃

철공소 앞을 지나는데
밤하늘에 폭죽이 터지는 것처럼
푸른 섬광의 불꽃이 인다

빛으로의 축제에 초대되어
지상 최대의 불꽃 쇼를 보는 것 같다
두 철딱서니가 한 몸처럼 엉겨 붙어
떼어내려고 해도
떨어지지 않는다 찰떡처럼

사랑을 할 때는 눈이 먼다고 하더니
그 말 틀리지 않은 것 같다
사랑의 열정은 인력으론 말릴 수가 없는가 보다

오랜 세월이 흘러
열정이 식고 사랑에도 녹이 슬면
절로 무뎌지리라

사랑의 그리움

못 견디게 갖고픈
마음이
사랑이라는 걸
예전에 진작 알았었더라면
평생 동안
알싸한
그리움 따위는 만들지
않았으리라
절대로
내 생애
내 가슴 속에
지울 수 없는 멍울 같은
사랑 따위는

사랑한다고 말할 걸 그랬다

사랑한다고 말할 걸 그랬다
후회해 보았자 소용없는 일이라는 걸 알지만
뭘 하다가 기회를 놓쳤는지 모르겠다
그 말하는 게 뭐가 그리 힘들다고 그토록 인색하게 굴었
는지
아껴보았자 아무짝에도 소용없는 말을
사랑해달라는 사람이 있을 때 무한정 해줄 걸 그랬다
이젠 해주고 싶어도 받아줄 사람이 없으니
사랑에 목말라 하는 사람이 있을 때
아끼지 말고 해줄 것을
이제는 공짜로 준다고 해도 십 리만큼 도망을 가고
쳐다보지도 않을 말을 뭘 하려고 그리 아꼈는지
몸과 마음이 늙고 병들면
사랑한다고 말하고 싶어도 해줄 수 없는 것을
무엇 때문에 아꼈을까 아껴서 무얼 하려고
사랑해줄 사람이 없으니까 무용지물인 것을
아 – 아 이젠 알 것만 같네
사랑한다는 말은 아끼는 게 아니라는 것을
사랑해 달라는 사람이 있을 때 퍼줘야 한다는 것을

사랑은 기다림

어디쯤 오고 있을까
내 사랑은
꽃샘추위에 오다가 중도에 주저 물러앉아
꽃 피우라 잎 틔우라 동네 간섭 다하고 있는 건 아닌지
기다리는 사람은 마냥 애를 끓이고
이제나저제나 목이 빠지는데

어디쯤 오고 있을까
내 사랑은
날은 저물고 춘설이 날리는데
기다리는 사람 애간장 타는 줄도 모르고
어디서 뭘 하고 있는지
뚝배기 찌개는 다 졸아 빠지는데

어디쯤 오고 있을까
내 사랑은
내게 오는 걸 잊지는 않았는지
집 앞에 다 온 걸까 동구 밖에 오는 걸까
밤은 깊어 시간은 자정으로 가는데*
오시기는 하는 것인지

* 주현미의 신사동 그 사람 노래 가사

남자란 말입니다

남자란 말입니다 아무리 못났어도
사랑하는 사람 앞에선
못 먹어도 GO 하고 싶은 마음이 있습니다
하지 말라고 말리면 일부러 더하고 싶은 마음이 있습니다
더욱이 사랑하는 여자 앞에선
죽어도 물러서지도 않고 물러설 수도 없습니다
그럴 때 현명한 여자는 말입니다
남자를 살살 토닥여 잠재울 줄 아는 여자입니다
남자란 말입니다
사랑하는 여자가 달래면 말입니다
머리끝까지 화가 났다가도
봄눈처럼 힘없이 녹아내리기도 하고
곰삭아 물러 터져도 킥킥거리는 게 남자란 말입니다
그러니 여자들이여
남자를 다룰 때는 말입니다
아기 다루는 것처럼 살살 토닥거리고
못해도 잘한다고 엉덩일 두드리며 칭찬을 해야
말 잘 듣는 충견이 된다는 걸 알아야 합니다
남자란 말입니다
정말로 단순하고 순진한 동물이란 말입니다
잊지 마시고 기억하시기를

환상

그녀 앞에만 서면 실성한 사람처럼
저절로 어깨춤이 들썩 거린다
춘삼월이라고는 하나 아직 봄이 온 것도 아닌데
하늘은 마냥 높고 푸르르기만 하다
나도 모르는 사이에 입에선 저절로 노랫가락이 흘러나온다
봄 처 ─ ─ 녀 제 ─ 오시네
새 풀 옷을 입으셨네
하얀 구름 너울 쓰고 진주 이슬 신으셨네
온통 아름답기만 한 세상
뭇 사람들의 차가운 시선들이 따갑게 내게 쏠린다
그래도 마냥 웃음이 나오고
마음은 구만리 창천을 날아오르고 있다
온 세상이 나를 위해 있는 것 같다
살아있다는 것 자체가 이렇게 좋은 줄 처음 느낀다
이보다 더 좋을 수는 없다
그 중심에 그녀가 서 있었다 보란 듯이
나를 향해 두 손을 벌리고 나를 끌어안을 듯이
사랑한다며 환하게 웃고 있다
이게 꿈이 다냐 생시 다냐

* 노산 이은상 시인의 시 봄 처녀 가사

로망스

내 사랑의 화살이 그대에게 꽂힐 줄이야
나 그대를 사랑해도 될까요
그대가 내 사랑을 받아만 주신다면
나는 나의 모든 것을 다 바쳐서라도 그대를 사랑하고 싶
어요
이제 그대 없이는 단 하루도 살 수가 없어요
왜 몰랐던 걸까요 우리의 사랑도 이슬처럼 스러질 수 있
다는 것을
그대가 승낙만 해준다면 난 그대를 위해 살고 싶어요
헤어진다는 건 꿈에도 생각할 수 없어요
그런데 무엇이 잘못된 걸까요
사랑은 끌고 당기며 흥정하는 것이 아니라는 걸 몰랐어요
이 목숨 다 바쳐서 그대를 사랑할 수가 없다니
가을 단풍잎이 아름다운 것처럼
밤하늘의 별빛이 영롱하게 반짝이는 것처럼
그렇게 아름다운 사랑을 하고 싶어요
그렇게 반짝이는 사랑을 하고 싶어요
난 정말 그대를 사랑했어요
내 모든 것을 다 바쳐 그대를 행복하게 해주고 싶었어요
그대 없인 살 수가 없다는 것을 왜 몰랐던 걸까요
우리 사랑도 낙엽처럼 스러질 수 있다는 것을
사랑하고 싶어요 이 한 목숨 다 바쳐

밤하늘에 반짝이는 별빛이 아름다운 것처럼
반짝이는 사랑을 하고 싶어요
붉게 물든 단풍잎처럼 불타는 사랑을 하고 싶어요
난 정말 그대를 사랑했어요
내 모든 것을 다 바쳐 그대를 사랑하고 싶어요

03 시

인간이 낼 수 있는 가장 아름다운 목소리

시詩란

살바람에

일렁거려 보이지 않던

구중심처 그 깊은 곳까지

수경 쓰고 보는 것처럼 환하게 보여

케케묵은 갈증까지 속 시원하게 해소시켜 주는

초정 광천수*만큼이나 짜릿 알싸하고

탁 쏘는 맛이 천하일품인

청량제 같은 것이 시가

아닐는지

* 충북 청주시 상당구 초정리에서 나는 세계 3대 광천수

시평

첫 시집 탈고脫稿를 끝내고
아내에게 시평詩評을 부탁한 일이 있었다
원고를 다 읽고 난 아내 왈
첫마디가 시를 왜 쓰냐고 물었다
무슨 소리냐고 반문했더니
시 전체에 욕설이 마흔아홉 번이나 나온다면서
시詩를 고상하고 아름다운 말로 고쳐 쓸 것을 강요했다
쓴 시를 한 편 한 편 자세히 뜯어보았더니
3도 화상 당한 것같이 얼굴이 화끈거렸다
아내의 충고처럼 시어詩語를 고상하게 바꾸고 보니
시가 유려하기는 하였으나
가슴을 톡 쏘는 청량한 맛이 없었다
나는 시어詩語를 품위 있게 바꾸고 싶었지만
작품성이 떨어질 것 같아
아내의 말을 무시하고 그대로 밀어 붙였더니
아내 왈
앞으로는 시평詩評을 부탁하지 말란다
이젠 마누라 무서워
시어도 내 마음대로 못 쓸 것 같다

앞으로 이런 녀석은 만나지 말아야겠다

햐 !
어떻게 니가 시를 다 쓴다냐
이 '시' 니가 쓴 시 맞기는 하냐
곰도 궁구는 재주가 있다고 하더니만
사람 그렇게 볼 게 아니야
어디 단양* 산골 촌놈인 줄로만 알았었는데 말이야
난 니가 술 처먹고 헛소리만 지껄이기에
허파에 구멍 뚫린 실없는 인간인 줄 알았더니만
진짜 시인처럼 시를 쓴다고 니가
하긴 너라고 못 쓸 것도 없겠지만
그래도 니가 시를 쓴다니
도무지 앞뒤가 연결이 안 된다
진실을 말해봐
그래 시는 언제부터 쓰기 시작을 했는데
등단은 한 거구(믿지 못하겠다는 듯)
아무튼 축하한다
앞으로 이런 녀석들은 만나지 말아야겠다
살다 보면 사람이 몇 번씩 바뀐다는데
사람을 어떻게 보고

* 충청북도 최북단 단양군

52

詩詩한 일

세상 만물이 모두 다 잠든 이 밤에
나는 왜 잠도 자지 않고 이 짓을 하고 있는지를 모르겠다
분명한 사실은 누가 시켜서 하는 게 아니라
내가 좋아서 하고 있으니
누굴 원망할 수도 없다는 것이다
난 무엇 때문에 이 짓을 하고 있는 것인지
세상천지 나만 못한 사람이 어디 있다고
시 건방을 떠는지
누가 시인이라고 하면 껌뻑 죽는 것도 아니고
시를 쓰지 않는다고
밥을 못 먹고 사는 것도 아닌데
무슨 영광을 보겠다고 골을 썩이고 있는 것인지
늦바람이 더 무섭다고 하더니만 ㅉㅉ
시는 아무나 쓰고 시인은 아무나 돼도 되는 것인지
다 늙어서 되지 않을 짓을 왜 하고 있는 것인지
도대체 무슨 영화를 보겠다고
아무 도움도 되지 않는 이 시시詩詩한 일을

명시名詩를 낳고 싶다

자비롭고 전지전능하신 신이시여
간절한 저의 소원을 들어 주시옵소서
저의 소망은 이백이나 두보 같은 시성들처럼
죽어도 여한이 남지 않을 명시를 쓰게 하여 주시옵소서
그게 어렵다 하시면 단 한 편만이라도 좋으니
은총을 내려주시면 아니 되겠습니까
자손 귀한 가문의 대를 잇게 해준 여인처럼
아름다운 시 한 편을 꼭 남기고 싶습니다
시인이 되어 詩 같은 시 한 편 쓰지 못하고
허망하게 죽을 수는 없는 일이옵니다
자비롭고 전지전능하신 신이시여
단 한 편만이라도 좋으니
저의 간절한 소망이 이루어질 수 있도록
당신의 권능으로 이 불쌍한 종에게 은총을 내리시어
타고르나 릴케 푸시킨 워즈워드 같은 시인들처럼
후세에 길이 남을 수 있는
한 편의 시라도 쓸 수 있게 해 주시옵소서
이렇게 애끓는 마음으로 간청 드리옵니다
자비롭고 전지전능하신 신이시여

시를 너무 만만하게 본 것 같다

시집을 빌리러 도서관엘 다녀온다
발걸음 수를 세면서 다녀온다
나는 만보기가 없다
만보기만 있어도 치매 걸린 노인처럼
발걸음 수를 헤아리며 걷지 않아도 될 것을
시집을 빌리려면 정확히 몇 발자국이나 걸어야 되는지
오갈 때마다 헤아리지 않아도 되겠는데
엎어지면 코 닿을 가까운 곳이긴 해도
셀 때마다 걸음 수가 달라진다
발걸음 수를 세려면 헷갈리지 않는 총기가 필요하다
나는 일주일에 두 번 도서관을 다녀온다
한 번 다녀올 때마다 10권의 시집을 빌려 온다
도서관에는 시집만 해도 몇 천 권이 넘는다
앞으로 얼마를 더 다녀야 이 시집을 다 읽을 수 있을는지
다 읽고 나면 좋은 시를 쓸 수가 있을는지
시간은 없는데
애시당초 시를 읽지 말고 수필이나 소설을 읽을 걸
시를 너무 만만하게 본 게 아닌가 싶다
명주실 한 타래를 다 풀었는데도
아직도 바닥에 닿을 기미가 보이질 않는다

시인이 되길 잘했다는 생각이 든다

이제 와서 생각을 해보니 내 인생에 있어서
시 쓰는 일만은 정말 잘한 것 같다
긴긴 밤 퍼질러진 시간 보내는 것도 그렇고
할 일 없어 마누라 눈에 군불 지피지 않는 일도 그렇고
이 나이에 할 일이 있다는 것도 그렇고
몰랐던 세상 알아가는 것도 재미있으니 말이다
나 같은 사람이 시를 쓴다고 하면
두 눈 휘둥그레 쳐다보는 것도 재미나고
내 시도 시라고 시詩을 하는 것도 흥미 있고
시 한 편 쓰고 나면 뭔가 큰일을 한 것 같은 것도 그렇고
나와는 전혀 맞지 않는 일을 하는 내 자신이
신통방통하기도 하고
뚱딴지같은 내가 우스운 생각이 들어 재미있고
학교 다닐 때 배웠던 유명 시인들과
내가 같은 족속族屬이 되었다는 것도 신통방통하고
인생이 요지경 속 같다는 것도 우습고
어찌 되었든 나 같은 인간도
시를 쓴다는 것이 생각하면 생각할수록
잘한 것 같다는 생각이 든다

우화등선 羽化登仙

시가 뭔지도 모르면서 시를 쓰겠다는 것은
솔잎을 먹는 송충이가
뽕잎을 먹겠다는 것과 다를 바가 없는 것 같다
뭐가 다른 것일까
그것도 모르면서 시를 쓴다는 것은
시인 전체를 욕보이고 얼굴에 먹칠을 하는 짓은 아닐는지
자기만 생각하는 나 같은 인간을
이기주의자라고 욕하는 것이 아닌지
누에도 아닌 주제에 송충이가
명주실을 자아보겠다니
말도 안 되는 소리 세상을 어떻게 보고
지나가는 개가 다 웃을 일이다
하긴 왕후장상의 씨가 따로 있는 게 아닌 바에야
애초에 송충이는 실을 뽑을 수 없는 벌레
그렇다면 나는 전생이 누에였단 말인가
실을 뽑겠다고 깝죽대는 꼴을 보면
혹시 나 같은 사람을 보고
병신 육갑 떤다는 말이 생긴 건 아니겠지

시인의 조건

시인이라 해서 특별날 것도 없겠지만
시인이 되기 위해서는 가재나 도마뱀처럼
자신의 이성을 잘라내는 자절의 결단이 필요하다
미모사의 섬세한 섬모처럼
미세한 바람에도 아픔을 느끼고
돋보기로 보는 것 같은 예리한 예지력을 갖추어야 한다
너무 예뻐 먹기 아까운 이바지 음식처럼
소재를 아름답게 표현할 수 있는 따뜻한 감성과
보기 좋게 진설하는 재기才氣가 필요하다
최고의 요리사처럼 같은 재료를 가지고도
자기만의 요리를 만들 수 있는 능력이 있어야 한다
번뜩이는 재치와 요리법으로
아무도 흉내낼 수 없는 맛을 보여주되
다양한 입맛을 잠재울 수 있는
천상의 요리를 빚어낼 수 있어야 한다
끊임없는 관심과 노력으로
껍데기와 알맹이를 깔끔하게 분리시킬 수 있는
자기 수련을 게을리 하지 않아야 한다
밀려오는 파도를 온몸으로 막아서는
용기와 도덕성은 필수다

시의 소재

일확천금의 노다지 금맥을 찾아 헤매듯
시맥을 찾아 무던히 헤매고 다녔다
돌 틈에 웅크리고 있을 것 같아 서덜밭을 뒤지기도 하고
달의 뒷면에 숨어 있을 것 같아 뒤를 캐고 다니다
에세이의 끄나풀이라는 오해도 받았다
뜨거운 땡볕 아래서 찜질을 하고 있을 것 같아
한여름 땡볕 속을 무작정 뒤지고 다녔지만
시의 맥은 찾지를 못했었다
숨바꼭질하는 아이처럼
어딘가에 꼭꼭 숨어 기다릴 것만 같아서
매의 눈으로 구석구석 빠트리지 않고 살펴보았지만
살펴본 것들 대부분은 시의 원석이 아니라
누군가 쓰고 버린 버력들이었다
그러던 어느 날 생활고에 찌든 아내가
못살겠다며 던진 말 한마디가
가슴에 걸려 되뇌어 보았더니 아— 이게 어찌된 일인가
그렇게 찾아다녀도 찾을 수 없었던 시가
아내의 말속에 들어 있는 게 아닌가
시는 생각만큼 멀리 있는 게 아니었다
우리 삶 속에 오롯이 녹아 있었다

새가 된 시

목이 메어 울음도 나오질 않았다
너무도 난감하고 황당해
정신마저 혼미해지는 것도 모자라 억울해서
살점까지 파르르 떨렸다
몇 날 며칠 아프게 쥐어짜며 주옥 갖길 고대했었건만
모두가 새 되어 훨훨 날아가 버렸다
혹시나 해서 되돌리기를 해 봐도
안타까움만 더할 뿐
한 번 날아간 시는 두 번 다시 되돌아오지 않았다
죽은 자식같이 날아간 시는 더욱 아름다웠고
아름답다 못해 빛나기까지 하였다
모르는 사람들은 사소한 일에 목숨을 건다고
다시 쓰면 될 것을
오두방정 떤다고 말하겠지만
산통을 겪어보지 않은 사람은 정말 모른다
산고를 꽃으로 피워낸다는 것이
말처럼 쉬운 일이 아니란 것을

시마 詩魔에 홀리다

내가 어떻게 해서 너를
알게 되었는지는 모르겠다만
처음 네가 다가왔을 때 곁을 내주질 말았어야 했다
나와는 사고방식과 이상이 달랐고
살아온 방식이 달랐었기에
친구가 되리라고는 생각지도 않았었는데
너는 어쩌자고 나 같은 사람을 친구로 택하게 되었는지
이제 그만 내게서 떠나줄 순 없겠니
난 네가 정말 부담스럽다
친구도 봐 가면서 사귀었어야 했는데
내가 너무 경솔했어 내 잘못이야
이젠 나를 좀 자유롭게 내버려 둘 순 없겠니
나는 정말 너와는 맞질 않는다고 생각해
그러니 제발 날 좀 놓아주길 바래
널 만난다는 것 자체가 내겐 스트레스야
이러다가 내가 말라 죽을 것만 같아
제발 날 좀 놓아줘 내게서 떠나 주면 안 될까
이젠 자유롭고 마음 편하게 살고 싶어 진심이야
그래도 너 때문에 행복하기는 했다

시인이라고 불리운다면

소월 동주 만해 같은 正一品 시인이 아니더라도
최 말단 종從9품의 무명 시인일망정
그 틈에 나도 좀 끼워주었으면 정말 좋겠다
자랑스럽게 내 세울만한 시 한 편 쓰지 못했어도
시인으로 불린다면 참 행복할 것만 같다
아직 시다운 시 한 편 쓰지 못한 시인이지만
시를 모르는 사람들에게 시작詩作법을 가르쳐 주기도 하고
이름난 시인들의 시를 읽어주면서 살면
삶이 얼마나 보람 있고 행복할까
더욱이 내 시를 읽어 달라는 요청이라도 받게 된다면
민들레 꽃씨가 바람에 날아오르는 것처럼
살랑거리는 봄바람에 내 마음도
가비얍게 날아오를 수 있을 것만 같은데
더군다나 시인이라는 말까지 듣게 된다면야
카파도키아에서 열기구 탄 것처럼
마음이 하늘로 들어 올려 질 것도 같은데
그 소원이 언제쯤 이루어질 수가 있으려는지

시인의 길

무식하면 용감하다고
겁도 없이 첫사랑을 주제로 시집을 냈다
두 번째 시집은 삶에 대하여 썼다
지난 봄 나는 일곱 번째 시집『갈맷빛 내 사랑』을 펴냈다
나는 시문학을 전공하고 엘리트 코스를 밟고 등단한 시인
은 아니다
어쩌다 보니 시를 쓰게 된 케이스다
시작은 미미하였으나 끝은 창대한 고집 센 시인이 되고
자 한다
평론가들이 온갖 쓴 소리를 하고 눈여겨 봐주지 않아도
기죽지 않고 격려로 받아들일 것이다
시작이 반이라 하질 않던가
나는 이미 시작을 하였고 나와의 약속도 저버릴 수가 없다
등단이 화려하지 않았다 해도
기죽지 않고 뚜벅뚜벅 내 길을 갈 것이다
젊은 시인처럼 참신성은 부족하지만
열정으로 극복해 나갈 것이다
나는 오목눈이 둥지의 탁란 같은 존재이지만
끝까지 살아남을 것을 의심치 않는다
어미에게 버려졌다고 해도
비익조처럼 보란 듯이 날아오를 것이다

시詩의 본질

詩라는 게 무엇일까요
할 일 없는 사람이 쓴 넋두리일까요
아니면 시인이라는 사람들의 말장난일까요

詩가 왜 이렇게 점점 난해해지고 어려워지는지
이런 말 하면 가방 끈 짧다고
무시하는 시인이 있을는지는 모르겠으나
詩를 쓴 사람도 독자들도 이해할 수 없는 詩
그런 시를 왜 쓰는 질 모르겠네요
나 잘났다고 티내는 건가요
워즈워드나 푸시킨 릴케의 詩를 읽어보아도 어려운 게 없고
김소월 김춘수 윤동주 같은 유명시인이 쓴 詩도
이해가 되지 않는 것을 찾아볼 수가 없는데
요즈음 詩人들은 뭐가 그리 고고해서
있는 대로 비틀어 말장난을 하는지 알 수가 없어요

공부를 어디까지 해야 시를 읽고 이해할 수 있을지
詩라는 게 정말 이렇게 어려워야 하는 건지
감정전달에 충실한 게 詩가 아닌가요

시의 맛

계기판에 빨간불이 켜졌다
감성을 보충하진 않고 퍼 쓰기만 하였으니
불이 들어오는 것은 자명한 일
삭막할 정도로 말라버린 감성회복을 위해
나는 다른 시인의 시 읽기를 마다하지 않는다
갓난아이 어미 젖꼭지 희롱하듯
시의 맛을 음미하며 꼭꼭 짜 읽는다
탱글탱글한 귤 알갱이처럼
입 안에서 톡톡 터지는 싱그러운 感性
머릿속이 산뜻하고 맑아지는 게 새벽이슬 같다
어떻게 이런 새콤한 맛을 낼 수 있을까
시를 읽을 때마다 맛이 새롭다
서서히 해소되는 갈증
속이 시원해진다
전두엽 해마 속에 녹색등이 켜진다
시는 이런 맛에 읽는가 보다

시인들

나 역시 시를 쓰고는 있지만
시인이라고 불리는 사람들
그 사람들 여느 사람들과는 달라도 한참 다른 사람들이다
멸치무리에 끼인 복어 새끼나 꼴뚜기 새끼처럼
낄 때와 안 낄 때를 분간 못하는 이상한 사람들이다
몽유도원을 헤매는 정상이 아닌 사람들
죽어도 간섭받기 싫어하고
잔소리 듣기 싫어하며
자유분방하고 제멋에 겨워 사는 사람들
세월이 오가는 것도 세상이 어떻게 돌아가는지도 모르고
억압당하는 걸 참지 못하고 휘어질 줄 모르는 사람들
저 잘난 맛에 까칠하다 못해
풀쐐기처럼 톡톡 쏘아대는 사람들
한곳에 머무르지 못하고 떠도는 사람들
세상을 자기 잣대로만 바라보는 고지식한 사람들
그러나 순박하고 순수한 사람들

도둑질

늦게 배운 도둑질에 날 새는 줄 모른다고
번듯한 시 한 번 써보겠다는 일념으로
까막눈 틔우는데 하루해가 짧다
괜한 짓을 한다고 여길는지는 모르겠으나
어중이떠중이처럼 어중간하게 해서는 안 될 것 같다
나의 고집스러운 생각과 행동이
시인들만 욕 먹이고 불편하게 하는 것은 아닐는지
혼자서 개발새발 쓰다 보니 시 같지가 않아
이것도 시냐고 하시지는 않겠지만
내 하는 짓이 못마땅한 자식들과 아내까지
시간과 돈을 없애가며 되지 않을 짓을 한다고
사람 취급도 하질 않으려 드는데
정말 내가 뜬구름을 잡으려고 하는 것은 아닌지
다른 사람들은 젊은 나이에 등단登壇해
내 나이가 되면 원로대접을 받는다는데
원로는 고사하고 아직도 걸음마를 하고 있으니
그래도 계속 가야 하는 걸까 이 길을

04 인생

인간이 걷는 길 중 가장 아름다운 길

사람들 왜 그렇게 사는지

사람들 왜 그렇게 사는지 모르겠다
백년도 못사는 게 사람의 생인 줄 뻔히 알면서
속이고 미워하고 가로채면서
왜들 그렇게
사람답지 않게 사는지 모르겠다

사람들 왜 그렇게 사는지 모르겠다
빈손으로 왔다가 가는 게 인생인 줄 뻔히 알면서
넘치게 받아도 나눌 줄도 모르고
왜들 그렇게
더럽고 추하게 사는지를 모르겠다

사람들은 왜 그렇게 사는지 모르겠다
사랑이 영원한 게 아니란 걸 알면서
사랑하는 사람 가슴에 대못까지 박으면서
왜들 그렇게
악하고 모나게 사는지를 모르겠다

한낮 꿈같은 인생
사람들은 왜 그리 너절하고 모질게들 사는지
정말 모르겠다 그 죄값을 어찌하려고
왜들 그렇게
금수처럼 사는지 정말 모르겠다

짐승만도 못한 인간

사지육신 멀쩡하게 타고난 나를
부모님께서는 희망이기를 기대했겠으나
좌절만 안긴 몹쓸 인간이 되었다
기대에 부응하지 못한 가련한 인간이었고
짐승만도 못한 인간이었으며 짐승 같은 인간이기도 했다
인간의 탈을 쓰고 금수 같은 짓을 했고
금수 같은 짓을 했으면서도
인간이길 바랐던 비운의 인간이기도 하였다
해가 지면 늑대처럼 울부짖었고 해가 뜨면 인간이 되는
지킬박사와 같은 기이한 삶을 살아야 했다
태어날 때부터 욕심은 많아
나귀와 개 원숭이의 목숨을 덤으로 받아
인생의 반 이상을 나귀처럼 죽도록 일만 하다가
늙어선 개와 원숭이처럼 젊은 것들의 눈치나 보며
놀림을 당하면서 아직도 살고 있다
주위를 둘러보니 짐승만도 못한 인간들
수두룩하게 널려 있다
아무리 생각을 해봐도 이해가 가질 않는다
귀신이 무얼 먹고 사는지

일흔

고고성을 울린 게 엊그제 같은데
벌써 산마루에 땅거미가 내려앉는 고희라니
입이 다물어지질 않는다

요즈음 고희는 노인도 아니라고는 하더라만
말이 그렇다는 거지 지천을 건너고 나면
어느새 몸과 맘이 눅눅하고 무겁기만 한 것을
돌아보면 살아온 세월은 짧기만 한데
언제 늙어서 이렇게 쭈그렁 밤탱이가 되었는지

나도 모르게 세월은 언제 다 흘러갔는지
아무리 생각을 해봐도 도깨비한테 홀린 것만 같다
불혹을 지나고 이순을 지나는 동안
나는 뭘 하고 있었기에
세월 가는 줄을 까맣게 몰랐었는지

그 많은 세월을 보낸 것만은 분명해
해마다 꽃이 피었다가 진 흔적이
또렷하게 남아있고 추억들이 빼곡하게 자리 잡고 있는데
나비 꿈을 너무 오래 꾸었나
도원경桃源境에서 바둑 두는 걸 너무 오래 보았나

사후死後

돌이켜 보면 인생 아무것도 아냐
잘난 사람도 못난 사람도 없어
내 인생 누가 대신 해 살아주는 것도 아니고
니 좆 꼴리는 대로 살아
이래 사나 저래 사나 살다가 죽는 건 다 똑같아
돈 많다고 잘났다고 오래 사는 거 아냐
명은 타고난 거야 그러니 하고 싶은 것 하고
먹고 싶은 것 먹고 즐겁게 살아
다만 인간의 탈을 썼으니까 사람답게만 살아
사람이 짐승같이 살아선 안돼
남한테 피해주지 말고 못할 짓 하지 말고
욕먹지 말고 즐겁게 살아
욕이 배따고 들어오는 건 아니지만
그래도 그렇게 사는 건 아니야 한세상 잠깐이야
좋은 옷 입고 좋은 집에서 맛있는 것 먹고
편하게 살면 좋겠지만 인생은 그게 다가 아냐
사후를 생각해야지 어떻게 될지
혹시 아냐 천국과 지옥이 정말로 존재할지

뿌리를 찾아서

세월 돌아가는 게 하 수상하니
근본마저 소멸되어 흔적도 없이 사라지기 전
남대천을 거슬러 오르는 연어처럼
기억의 강을 거슬러 올라 내 뿌리를 찾아야 할 것 같다
내가 처음으로 태어났던 그 발원지를 찾아
언제 어디서 어떻게 생겨나게 되었는지
육하원칙에 의거 존재의 뿌리를 밝혀야 할 것 같다
나는 무엇 때문에 생겨났고 어떻게 흘러왔는지
내 뿌리가 무엇이며 어디로 이어져 있는지를
기억의 잔재가 소멸되기 전 낱낱이 밝혀 보리라
여우가 시집간다는 변덕스런 날처럼
마음은 왜 용암처럼 끓어 넘치는 것인지
들끓는 까닭이 어디에서 기인되었는지
대하처럼 고요하고 도도히 흐르지를 못하고
평지풍파를 일으키며 흘러왔는지
그 까닭이 어디에 있었는지 속속들이 밝혀내야
체증이 가라앉고 속이 시원할 것 같다

늙어간다는 것

늙는다는 것은 애통해 할 일이다
사람이 늙는다는 것은
늙는 것만큼 효용 가치가 떨어진다는 것이고
저승길이 그만큼 가까워졌다는 의미이다
그렇기에 진시황은 늙지 않으려고
삼천 동자로 하여금 불사 불로초를 찾아 헤매게 하였는지
요즈음 사람들은 의술로 주름살을 펴거나
몸에 좋다는 걸 찾아 늙지 않으려고 기를 쓰지만
가는 세월을 그 누가 막을 손가
백운이* 노화老化를 막으려 들면 백발이 먼저 알고
지름길로 온다 하지를 않다든가
사람들은 늙어가는 것을 익어간다고 에두르지만
늙어가는 것은 익어가는 것도 아니고
죽음을 향해 한 발 더 가까이 다가가는 것
늙는 것은 서글프고 안타까워 할 일이다
거부할 수 없다면 받아들이시기를

* 우탁 선생 고려 후기의 학자

왜 사는지를 모르겠다

아내 잃고 꿈마저 잃은 요즈음은
내가 왜 사는지를 모르겠다
어제는 살기 위해 밥을 먹은 것도 같은데
그제는 먹기 위해 산 것도 같으니
도대체 내 삶이 어떻게 되가는 것인지
나는 이제 살기 위해 밥을 머어야 하는지
먹기 위해 살아야 하는지를 분간도 못한다
오늘도 나는 밥을 먹고 있다
내일도 나는 밥을 먹을 것이다
나는 모레도 살기 위해 먹을 것이고
먹기 위해 발버둥을 칠지 모르겠다
나는 내가 왜 살고 있는지를 정말 모르겠다
무엇을 위해 살고 있는지 가늠이 안 된다
지금도 나는 살기 위해 먹고 있다
아니 죽지 못해 먹고 있는지도 모르겠다
내가 왜 사는지 왜 먹는지도 모르고
한심하게 살고 있다 아무리 생각을 해봐도 모르겠다

적멸

졸지에 짝 잃은 기러기가 된 나는
사막 한가운데서 나침반을 잃은 사람처럼
난감하기 이루 말할 수가 없다
어떻게 해야 어둠을 벗어날 수 있는지 막막하기만 하다
가나안 땅이 어느 쪽인지
어느 쪽이 생生이고 어느 쪽이 멸滅의 방향인지
도무지 갈피를 종잡을 수가 없다
빛나는 예지는 어디로 사라져버리고
더듬이 잃은 개미처럼
사막 한 가운데서 방황을 하고 있는 것인지
아무것도 보이질 않고 캄캄하기만 하다
어디로 가야 이 황량한 사막을 벗어날 수 있으려는지
나는 오도 가도 못하고 이러지도 저러지도 못하는
생사의 갈림길에 서 있다
시시각각 조여 오는 죽음의 그림자
초침소리만 째각이며 귀청을 울릴 뿐
아무리 둘러봐도 주위는 고요한 적막의 바다
세상은 별빛조차 찾아볼 수 없는 암흑천지
서서히 빠져 나가는 희망의 불꽃

노화

해마다 봄은
새색시처럼 곱게 단장을 하고
나를 유혹하는디

마음에는 나비처럼 들로 산으로
꽃을 찾아 날아 댕기며
봄나들이를 하고 싶은디

몸은 생각 같지 않게
천근만근 무거워만 지니

안즉도* 마음엔
얼마든지 돌아다닐 수 있을 것 같고
어디든 갈 수 있을 것 같은디

발이 떨어져야지
발이

* '아직까지도'의 경상도 방언

인생

애야 인생이란 게 별 게 아니란다
그러니 후회하지 않도록 걸판지게 잘 살아야 한다
내 삶의 우상이었던 할아버지께선
돌아가시기 전 내 손을 잡고 그리 말씀하셨다
인생이 일장춘몽 같다던 우리 아버지
해 저물녘 노을에 기대어 말씀하시길
인생은 짧다 영원한 게 아니니
하고 싶은 것 다 해보고 후회하지 않게 살라고 하셨다
못난 사내와 사느라고 힘들어 했던 아내
인생을 다시 한 번 살 수만 있다면
당신 아닌 능력 있는 다른 사람과 한번 멋들어지게
사람답게 살아보고 싶다고 했다
아내는 나와 두 번은 살고 싶지 않을 거라는 걸
짐작은 하고 있었지만 한편으론 서운했다
도대체 후회하지 않는 삶이란 어떤 삶인지
난 아직도 그 삶을 알지를 못 한다
모두들 후회하지 않고 행복하게 살라고 말했지만
난 뭐가 부족해 행복하게 살지를 못했는지
왜 죽어라고 딴짓거리만 했는지

돌아오라 젊음이여

네가 떠난 것은 순전히 내 잘못이었다
내가 홀대 하지만 않았어도
떠나는 불상사는 일어나지 않았을 것이다
나는 언제까지나 네가 내 곁에 있을 줄 알았지
떠날 거라고는 꿈에도 생각을 하지 못했다
내게도 싱그러운 젊음이 있었었는데
미안쿠나 젊음이여 입이 열 개라도 할 말이 없구나
내가 어떻게 너를 홀대할 수가 있었는지
젊음이여 나의 홀대를 용서해주기를
무척 서운 했겠지 이해한다 너의 마음을
하지만 어찌하겠느냐 이미 지나간 일인 것을
나는 너의 젊은 패기가 더 절실하나니
젊음이여 다시 내게로 돌아와 다오
두 번 다시 내게 돌아오고 싶지 않겠지만
네가 돌아와만 준다면
광화문 광장 한복판에서 벌거벗고 춤이라도 추겠노라
젊음이여 다시 한 번 간청하노니
내게 돌아와 주길 애타게 바라노라

가을이 쓸쓸한 이유

가을이
하루아침에 사그라지는 이유는
'화무는 십일홍이요
달도 차면 기운다' 는 걸 알기 때문이다

가을도
겨울 앞에서는
어쩔 수가 없음에
서글퍼지고 쓸쓸해지는 것이다

하물며
인생에 있어서의 가을이야
말을 해선
더 무엇하랴

허망하기만 한 것을

귀빠진 날

자식들의 바쁜 일정에 맞춰
날짜를 늦추고 당기고 하다 보니
귀빠진 날도 고무줄처럼 늘어났다 줄어들었다 하여
의미가 참 많이 퇴색된 것만 같다
생일을 걱정하는 마누라한텐 생일이 뭐 그리 중요하냐고
아무렇지 않은 듯 말은 했지만 서도
외식 따위로 넘기기엔 아무래도 서운한 구석이 있다
아내는 내가 태어난 날의 시까지 사주단자에 고이 싸두
었는데
　실리를 따지는 약아빠진 세상이다 보니
　해가 바뀔수록 희미하게 퇴색되어 간다는 게 서글프기
만 하다
　명색이 어미 배 아프게 하고 태어난 뜻깊은 날인데
　의미 정도는 되새겨 줘야 하는 게 아닌가
　자식들이 쥐꼬리만큼 쥐어주는 용돈의 위세에 눌려
　요식행위要式行爲로 급마무리 되는 것도
　생일이 별거냐며 마음에 없는 소리를 하는 것도
　자식들의 눈치를 봐야 하는 몹쓸 놈의 세상
　귀빠진 날까지 팔아 용돈을 구걸하는 내 신세가
　천덕꾸러기가 된 것만 같다
　이렇게까지 서글프게 살아야 하는지

후회

늙는 것도 서러운데
따돌림 당하는 건 더 서럽다

지난날을 돌이켜 본다
난 어머니 아버지를 따 놓은 일이 없었던가

가만히 생각해 보니 마음 편케 해 드린다고
어머니 아버진 가만히 계시라고 따 놓은 일이 참 많았다
난 그게 효도인 줄 알았었다
모든 걸 의논드리고 가르침을 받았어야 했다

물은 물 흐르던 길로 흐른다는데
죄 받는 것 같다
인생이 뭐가 있간디
파도가 곧바로 넘겨 덮친다는 것도 모르고

아— 미련한 인간 같으니
한 치 앞도 내다보지 못하고
천벌을 받아도 싸다

의미 없는 생은 없다

이 세상에 의미 없는 삶이란 없다
죽지 못해서 산다고 하는 사람도 있지만
그건 인생을 모르는 사람들이 하는 말
사람이 태어났다는 것은
태어남 자체가 선택 받은 것이기 때문이다
세상에 의미 없는 생은 없다
그러므로 의미 없는 인생도 없는 법
좋은 의미든 나쁜 의미든 마음먹기에 달려있다
삶이란 좋은 일만 위해서 있는 게 아니다
슬픈 일도 있을 수 있고 화날 일도 있을 수가 있다
누구나 태어나 유익하고 좋은 일만 하며 살고 싶겠지만
삶이란 사람의 힘으로 할 수 있는 게 아니다
좋은 일만 할 수 있는 것도 아니고
악한 일만 하라는 법도 없고 계속되는 것도 아니다
의미 없는 생이 없듯 의미 없는 인생도 없다
죽지 못해 사는 것은 삶이 아니다
희망 없이 사는 것은 더더욱 아니다
힘들 내시고 기운들 내시기를

하늘 밥

사흘만 굶겨 놓으면 눈에 보이는 게 전부 밥이다
무슨 설움이 크다 크다 말들을 하지만
배고픈 설움보다 더 큰 것은 보지 못했다
굶어서 등가죽에 배가 딱 들러붙어 봐라
부모 형제도 보이질 않고
자식새끼도 눈에 띄질 않는 게 배고픔이다
음식은 버려서도 안 되고 먹을 걸로 장난을 쳐서도 안 된다
요즈음 젊은 사람들 배고픈 설움 정말 모른다
언제 굶주려 봤어야 배고픔을 알지
사람이 혼자서 잘 먹고 잘 사는 것도 좋지만
다 같이 잘 먹고 잘 사는 건 더 좋은 거다
기쁨과 슬픔, 음식과 사랑은 나누면 나눌수록 좋다
갓난아이도 배가 부르면 울지를 않고
울다가도 밥이 들어오면 그친다
그러니까 밥이 곧 하늘이다
먹는 것 가지고 장난치는 인간들
그렇게까지 하고 살아서 뭘 하겠다고

가을은 서글픔의 계절이다

겉으로 보기에 가을은
풍요로운데다 하늘이 높고 맑아 아름답게 보이나
애처롭기가 그지없는 계절이다
못된 시어미가 봄볕엔 며느리를 내보내고
가을볕엔 딸내미를 내보낸다고
가을이 풍요롭ㄱ 넉넉한 계절 같지만
가을은 쓸쓸함이 뭉텅뭉텅 묻어나는 서글픔의 계절이다
단풍이 불타는 듯 아름다워 보여도
머지않아 쓸쓸한 낙엽으로 흩날리듯
귀밑머리 희끗희끗해지고
피부가 탄력을 잃고 이울어지면
가을은 갈대처럼 피울음을 토해낼 것이다
아무리 화려하게 보여도 풍요로움은 잠시 잠깐
상강을 지나고 나면 어느새
빚쟁이에 쫓기는 채무자처럼 쫓기는 것을
가을은 결실의 계절이기 이전에
모든 걸 내려놓아야 하는 허망한 계절이며
아픔의 계절이고 서글픔의 계절인 것을

내 인생도 내 것이 아니다
兒生便哭君知否, 一落人間 萬種愁*

한 때 내 인생은 내 것이라는 생각을 했었다
금수저로 태어난 것도 아니고
태어나고 싶어서 태어난 인생도 아니었기에
태어난 것이 서럽고 억울해서라도
내 인생은 내 마음대로 살아도 되는 줄 알았다
천부당만부당한 생각이었다
내 삶을 누군가 대신 살아준 것도 아니고 내가 살았지만
내 인생은 내 삶인 것 같으면서도 내 삶이 아니었다
내 삶은 운명이 정해준 대로 흘러갔고
낳아준 분들의 것이었으며 아내의 것이었고 내 분신들의
것이었다
형제들의 것이었고 일가친척들의 것이기도 하였으며
시간의 것이었고 공공의 것이었다
하다못해 미물만큼도 자유롭지 못한 삶이었고
세상과 얼기설기 얽힌 삶이었다
석양 무렵 노을에 기대어 내 삶을 돌아보았더니
내 인생임에도 나를 위한 삶은 없었다
고고성을 울리는 까닭이 거기에 있었나

* 수심가에 나오는 말,
  아이가 태어날 때 왜 우는지 아는가 인간세상에 한번 태어나면 만가
  지 근심이 시작되네란 뜻

사람답게 사는 삶

사람이 왜 사는지를 알려면
아예 편히 살 생각을 버려야 한다
마음을 비우고 욕심을 버리고 안락한 집을 뛰쳐나와
석가모니처럼 풍찬노숙風餐露宿에 걸인처럼 빌어먹으며
왜 사는지를 곰곰이 생각해 보아야 한다
사람이 무엇을 위해 살아야 하며
어떻게 살면 사람답게 인간답게 살 수가 있을지를
생각하고 또 생각해 보아야 한다
깊이 생각에 생각을 하다보면
빛과 바람처럼 몸에 와 닿는 것이 있으리라
그것이 사람을 사람답게 살게 하는 지혜의 열쇠임을 알라
삶이 무엇인지 사람이 왜 사는지
그걸 알았다면 죽을 것처럼 물고 늘어져라
어떻게 살아야 사람답게 사는지를 깨닫게 되리라
사람답게 사는 삶은
누구도 가르쳐 줄 수가 없다
스스로 묻고 답하며 찾아가는 수밖에

종언 終言

종언終言

내 삶은
다른 사람들과 다를 줄 알았다
그리고 다를 거라고 굳게 믿고 있었다

그런데 다른 게 하나도 없었다

삶과 사랑은
내 뜻대로 되질 않았다

돌이켜보면
나는
내 삶과 사랑을 쓸데없는 것으로 가득 채운 것 같다

그나마
지금의 이 삶이라도 영위할 수 있었던 것은
술과 사랑과 시가 있었기에
가능했었던 게 아닐는지
─「서언」(술·사랑·시 그리고 인생) 전문

사랑하는 아내를 잃고 나서 아내가 내게 어떤 존재였는 지를 알게 되었다. 이처럼 사람에 대한 평가는 그 사람이 있을 때 보다 없을 때 그가 쌓은 공적과 영향력을 보고 평가할 수밖에 없을 것이다. 나 역시 내 삶에 대한 평가를 위해서는 내가 살아온 삶의 흔적을 돌아보고 평가를 할 수밖에 없을 것 같다. 삶을 어떻게 살았으며 이루어 놓은 업적이 무엇인 지 객관적으로 살펴보아야 할 것이다. 그런데 내가 살아온 삶을 돌이켜 볼 때 내 삶이 그다지 탐탁지 않은 것을 보면 나는 내 삶을 잘 살았다고는 할 수 없을 것 같다.

「서언」에서 밝힌 바와 같이 나는 "내 삶은/ 다른 사람과 다를 줄 알았다/ 그리고 다를 거라고 굳게 믿었었다// 그런 데 다른 게 하나도 없었다/ 삶과 사랑은/ 내 뜻대로 되질 않 았다"는 말을 되새겨 보면 나는 내 삶에 만족해하지 않고 있음을 알 수가 있다. 이는 처음부터 내가 내 삶을 잘못 운영 하였음을 스스로 자인하는 것임을 인정하는 것이라는 걸 암암리에 말하고 있는 것이 아닐까. 그러니 어찌하랴. 이미 엎질러진 물인 것을… 내 삶이 잘못된 모든 책임은 내게 있고 내가 지어야 할 몫인 것을 그런 면에서 볼 때 난 입이 열개라도 할 말이 없는 사람이라고 말할 수가 있을 것이다.

생각해보면 인간의 삶이란 마음먹은 대로 되는 게 아닌 것 같다. 그럼에도 불구하고 나는 내삶이 내 마음대로 되지 않는다고 세상을 탓하고 다른 사람을 탓하고 원망을 했었 던 적이 한두 번이 아니었다. 하지만 내 탓이든 남의 탓이든 내 삶은 누가 대신 살아준 것이 아니고 삶의 주체는 나 자신 인 것을… 그리고 지나간 삶을 후회한다고 해서 되돌릴 수 있는 게 아닌 것을 누굴 원망하랴 원망해보았자 아무 소용이 없는 것을 나 자신을 탓할 수밖에…

내 삶이 잘못된 것은 분명히 나한테 그 책임이 있는 것이고 내가 책임져야 할 몫이라는 것이다. 따라서 나는 나의 삶에 가급적 후회를 하지 않으려고 한다. 그나마 천 길 나락으로 떨어지지 않고 이만큼이라도 영위할 수 있었던 것에 만족하고 감사할 따름이다. 그리고 내 삶을 지켜주고 돌아볼 수 있게 해준 술과 사랑과 시에 고마움을 표하지 않을 수가 없다. 그런 면에서 술, 사랑 시에 대해 나의 생각과 입장을 정리해보고자 한다.

술酒

생각해보면 나는 술을 참 많이 좋아했던 것 같다. 술이야말로 내가 가장 사랑했던 죽마고우 같은 친구였다는 생각이 드는 걸 보면… 오죽하면 아내가 술하고 살지 결혼은 왜 했느냐는 말을 하였겠는가? 어쨌든 나는 지금까지도 술을 사랑하고 가까이 하는 걸 보면 내게 있어서 술이란 없어서는 아니 될 소중한 벗이었다고 말할 수가 있을 것 같다.

그리스 로마시대에 디오니소스나 바쿠스로 신격화되어 숭상 받았던 술은 그 양면성으로 인해 회춘과 사랑을 부르는 마법의 음료로도 불리었으나 다른 한편으로는 저주받은 악마의 음료라고도 불리기도 하였다. 사람을 즐겁게도 하지만 타락시키기도 하는 양면성을 가지고 있으니 말이다. 한 땐 나도 술 때문에 실수도 하고 술로 인해 아내와 참 많이 다투기도 하여 술에 대한 안 좋은 기억을 가지고 있음에도 불구하고 지금까지도 술을 끊지 않았던 것은 술이 주는 해보다 기쁨이 더 컸기 때문이 아니었을까 싶다.

술이란 본래 동서양을 막론하고 일반인들이 아무 때나 마실 수 있는 음료는 아니었다. 추수감사절이나 나라에 큰 잔치가 있을 때 그리고 가정에서는 명절 때나 제사를 지낼 때 접했던 음료로 신분 높은 사람들이 아랫사람들에게 내려주는 음료로 또는 제사장들이 신과 접하는 매개체로서 불신의 이질 요소를 신뢰의 동질요소로 바꾸는 의식 때 쓰였던 귀한 음료였음을 알 수가 있다. 하지만 요즈음은 누구나 술을 쉽게 접할 수 있어 옛날처럼 더 이상 귀한 음료는 아니지만 술을 마시는데 예법이 있고 술에는 장사가 없다는 말이 있는 것으로 볼 때 막 다루고 함부로 마실 수 있는 음료가 아니라 절재를 필요로 하는 음료임을 알 수가 있다.

술은 현대인에게 있어서도 매우 필요한 음료로 현대인들의 바쁜 삶을 잠시나마 위로해주고 잊게 해 주는 마취제로, 분노와 슬픔을 가라앉히는 진정제로, 마음의 앙금을 사그라뜨리는 매개체로, 수줍은 고백의 기폭제로, 복잡한 시대를 살아가는 현대인에게 있어서 술은 매우 고맙고 유용하게 쓰이는 음료라 하겠다.

인간의 삶에 있어서 술이 없다면 삶이 얼마나 고통스럽고 삭막하겠는가? 그러니 복잡한 세상을 살아가는 현대인들의 삶에 있어서 술은 없어서는 아니 될 소중한 음료로 지금도 많은 사람들의 사랑을 받고 있는 게 아닌가 싶다.

나의 졸시「술 & 섹스」에서(시집『미필적 고의』) 말한 것처럼 술이 없었다면 나는 한 세상을 어찌 살았을까 싶다. 그런 면에서 본다면 난 복 받은 사람이라고 말할 수 있고 죽어도 여한이 없을 것 같다. 술을 한 모금도 마시지 못하는 사

람도 있는데 그런 술을 나는 가까이 했고 삶의 고통을 잊고
삶을 풍요롭게 누릴 수 있었으니 말이다.

한세상 사는 동안
그대들이 없었다면
징그러운 이 세상 어찌 살았을까
그대들이 없었다면
이 험한 세상 무슨 재미로 살았을까
그대들이 없었다면
이 재미없는 세상 무얼 하며 살았을까 모르겠다

험난한 세상
각박한 세상
재미없는 세상

그대들이 없었다면 정말 어찌 살았을까
그대들 때문에 사는 맛이 났었고
그대들 때문에 재미나게 살았고
그대들 때문에 행복하게 살았다
그대들이 나를 버리지 않는 한
나 또한 그대들을 버리지 않을 것이니
죽는 날까지 내 곁에 머물러 주길

나 한세상
그대들 때문에 즐겁게 살았다
나 한세상

그대들 때문에 행복하게 살았다
—「술 & 섹스」전문 (시집『미필적 고의』)

사랑愛

내게 사랑이 무어냐고 묻는다면 나는 사랑이 인간을 성숙하게도 하며 다른 한편으론 인간에게 아픔을 가져다 준 에덴동산의 선악과 같은 것이라고 말을 할 수 있겠다. 사랑은 인간에게 세상 사는 기쁨을 주기도 하지만, 한편으론 사랑 때문에 상처를 입은 사람에겐 고통을 안겨주는 것으로 볼 때 사랑은 필요악 같은 존재가 아닐까 하는 생각을 하게 된다.

그럼에도 불구하고 인간들은 사랑을 갈망하고 한평생 사랑만 하고 살기를 바라는 것을 보면 인간들의 사랑에 대한 욕망은 끝이 없는 것이 아닐까?

사람들은 사랑을 스트로게Storge-혈족애, 에로스eros-성애, 필리아Philia-우정, 아가페Agape-종교적 사랑과 같은 넓고도 다양한 모습을 가진 것으로 나누지만, 여기서 나는 남녀 간의 사랑만을 말하고 싶다. 아내와 함께 살아오면서 아내로 인해 행복했었던 나의 삶과 아내를 잃고 난 후에 내 가슴속에 오롯이 아픔으로 남아있는 아내와의 사랑을 다른 종류의 사랑과 비교하고 싶지 않기 때문이다.

나의 졸시「슬픔 & 행복」에서 말한 것처럼, 나는 사랑을 해보지 않았더라면 허망한 껍데기의 삶을 살았을 것 같다. 아내를 만나서 사랑하고 사는 동안 무척이나 행복했었으니 말이다. 사별로 인해 가슴이 아프지만 그럼에도 아내와의

사랑은 미성숙한 나로 하여금 인생을 돌아보게 하고 시를
쓰게 하였으며 슬픔에서 나를 일으켜 세웠으니 말이다. 인
생을 알고 싶으면 사랑을 하라는 말이 있다. 그것도 가슴 아
픈 애달픈 사랑을……

　　슬픔과 행복은
　　생각한 것 보다 훨씬 가까이에 있다

　　행복은
　　이 세상에 태어났다는 것과
　　사랑하는 사람을 만났었다는 것

　　내게도 영화처럼
　　제니* 같은 여인이 있었다는 것

　　슬픔은
　　이 세상에 태어나
　　사랑하는 사람을 잃었다는 것

　　내게도 영화 같은
　　가슴 아픈 사랑이 있었다는 것

　　슬픔과 행복은
　　절대로 멀리에 있지 않다
　　가까이에 있다
　　―「슬픔&행복」 전문

시詩

　시詩란 무엇인가? 시란 결국 자연과 인간의 삶에 대한 감정이나 사상 정서 따위를 함축적으로 표현한 운율이 있는 글이 아니던가, 이런 시를 나는 젊어서는 먹고살기에 바빠 가까이 하질 못했었다. 그러니 내 삶을 돌아보고 풍요롭게 가꾸고 느낄 여유가 없었다. 그러다가 어찌어찌해서 귀가 순해진다는 늦은 나이에 詩를 접하게 되었으니　그런 면에서 볼 때 나는 참 불행한 사람이었다고 말할 수가 있을 것 같다. 이 말은 이순이 되기 전에는 내 인생을 돌아볼 수 없었다는 말과 같은 맥락으로 그만큼 늦게 철이 들었다는 것을 의미하기도 한다. 그나마 늦게라도 시를 접하게 되었으니 망정이지 그마저도 모르고 지금까지 살았더라면 삶이 얼마나 삭막하고 황량했겠는가? 시를 통해 인생의 의미를 알게 되었고 삶을 돌아보게 되었으니 그것만으로도 나는 시에 고마워하지 않을 수가 없을 것 같다. 만약 시를 쓰지 않고 시를 몰랐었더라면 어찌 내가 오묘한 삶의 이치와 그리운 마음 사랑하는 마음을 알고 노래할 수가 있었겠는가? 그런 것을 생각하면 늦게라도 시를 알게 된 것은 정말 행운이었다고 말할 수 있을 것이며 지금까지 내가 살아오면서 한 일 중 가장 의미가 있는 일이 아닌가 싶기도 하고 가장 잘 한 일이 아니었던가? 하는 생각을 갖게 된다.

　옛말에 호랑이는 죽어서 가죽을 남기고 인간은 죽어서 이름을 남긴다는 말이 있다. 이왕 시를 접하게 되었으니 나도 많은 사람들이 애송하고 오랫동안 사랑 받을 수 있는 좋은 시를 남기고 싶은 욕심이 있다. 그리하여 내가 쓴 시가 많은 사람들에게 등불이 되어 미래를 환하게 밝혀 주는 역할을 했으면 좋겠다는 야무진 생각을 갖게 한다.

어찌되었던 내게 있어 詩는 사람 구실도 못하고 살아가던 한 인간을 사람답게 살 수 있도록 이끌어 준 고마운 존재임을 밝힌다.

인생人生

한평생 코흘리개 아이들과 싸움만 했던 사람이 인생을 뭘 알겠냐마는 그런 사람도 험난한 세상을 살아왔다면 분명 자기만의 철학은 가지고 살지 않았을까? 싶다. 그것이 철학이었든 나만의 신념이었든 간에…

인생은 누가 대신해서 살아 줄 수 있는 것이 아니다. 그렇기에 그 책임은 오롯이 자신의 몫이며 누구를 원망할 일이 아니다. 자신의 삶을 돌이켜 보았을 때 자기 자신이 괜찮은 삶이었다고 평가를 하면 괜찮은 삶이라 말할 수가 있을 것이고 후회스럽다는 생각이 들면 잘못 산 삶이라 할 수 있기에 삶은 주관적이라고 말할 수밖에 없을 것 같다. 이 말은 결국 한사람의 삶이 좋고 나쁨은 다른 사람이 결정해주는 것이 아니라 자기 자신에 의해 결정된다는 것을 의미한다. 그런 점에서 볼 때 내 삶의 성패 여부를 생각해 보면 뭇사람들에게 손가락질 받지 않고 산 것 만으로도 무탈한 삶을 살지 않았나 하는 생각을 하게 된다. 하지만 아내를 하늘나라로 보내고 난 후 자꾸 후회스러운 일이 생각이 나는 걸 보면 그렇지도 않은 것 같다. 아내에게 잘못한 사람이 어떻게 무탈한 삶을 살았다는 말을 할 수 있단 말인가? 인생은 목숨이 다하는 날까지 장담해서도 안 되고 긴장의 끈을 늦

추어서도 아니 된다는 생각을 하게 된다. 그래서 하는 말이
지만 독자 여러분들은 후회하지 않는 삶을 살기를 바란다.
　끝으로 못난 사람의 횡설수설에 끝까지 귀 기울여주시고
읽어주신 여러분들께 감사를 드리며 오랫동안 이 사람의
시를 사랑해주었으면 하는 마음과 내 이야기가 여러분들의
삶에 병아리 오줌만큼이라도 도움이 되기를… 부디 건강하
시고 행복하시고 후회 없는 삶을 사시기를…

2022년

홍문식

홍문식 시인은 충북 단양에서 태어났고, 2013년『영남문학』으로 등단했으며, 시집으로는『이상한 계산법』,『미필적 고의』,『사에 이르는 길』,『oh my God』,『나쁜 여자 나쁜 남자』,『호모 스튜피드』,『갈매빛 내 사랑』등이 있고, 현재 내륙문학과 시산맥 특별회원으로 활동하고 있다.

『술·사랑·시 그리고 인생』은 홍문식 시인의 여덟 번째 시집이며, 술과 사랑과 시와 인생에 대한 매우 독특하고 개성적인 시들과 깊이 있는 철학적 성찰이 그의 시론인「종언終言」과 함께 수록되어 있다. 술은 인류의 발명품 중 지상최고의 발명품이고, 사랑은 인간이 피우는 꽃 가운데 가장 아름다운 꽃이다. 시는 인간이 낼 수 있는 가장 아름다운 목소리이고, 인생은 인간이 걷는 길 중 가장 아름다운 길이다. 술과 사랑과 시와 인생은 물, 불, 바람, 흙과도 같고, 홍문식 시인의 삶은 한 편의 아름다운 예술과도 같다.

이메일: ms10004ok@hanmail.net

홍문식 시집
술·사랑·시 그리고 인생

발   행   2022년 8월 10일
지 은 이   홍문식
펴 낸 이   반송림
편집디자인 반송림
펴 낸 곳   도서출판 지혜
주   소   34624 대전광역시 동구 태전로 57, 2층 도서출판 지혜(삼성동)
전   화   042-625-1140
팩   스   042-627-1140
전자우편   ejisarang@hanmail.net
애지카페   cafe.daum.net/ejiliterature

ISBN : 979-11-5728-482-5 03810
값 10,000원